Karl Stieler

A Hochzeit in die Berg'

Dichtungen in oberbayerischer Mundart

Karl Stieler

A Hochzeit in die Berg'
Dichtungen in oberbayerischer Mundart

ISBN/EAN: 9783742812612

Hergestellt in Europa, USA, Kanada, Australien, Japan

Cover: Foto ©Andreas Hilbeck / pixelio.de

Manufactured and distributed by brebook publishing software
(www.brebook.com)

Karl Stieler

A Hochzeit in die Berg'

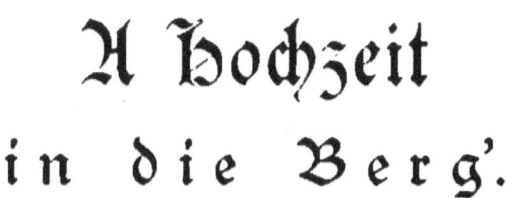

A Hochzeit
in die Berg'.

Dichtungen

in oberbayerischer Mundart

zu

Hugo Kauffmann's Zeichnungen

von

Karl Stieler.

Dritte Auflage.

Stuttgart.

Verlag von Adolf Bonz & Comp.

1887.

Allen lebensfrohen Menschen

des

Hochlands und der Ebene

gewidmet.

Inhalt.

1.

Auf der B'schau.

er alte Bauer schlagt in Tisch,
Daß's kracht als wier a Hamma[1].
„Dös Dirndl laß' i no' nit her,
I laß' s' nit z'famma!"

As Mutterl aber blaß und schnauft
Im schwarzen Mieder drinna.
„„Schaug, (sagt's) Du haft's ja grad so g'macht,[2]
Geh, thua Di' b'sinna!""

As Dirndl denkt — i laß' nit aus,
Hat d'Augen niederg'schlagen.
„So sag was!" — hat der Alte gront[3].
„„Was kannst da sagen?""

Gront 's Dirndl drauf: „„I moan, sie is
Recht hoaß in dera Stuben,""
Und denkt dazua — i laß' nit aus,
I g'halt mein Buben!

---

[1] Hammer. [2] als Du freien gingst. [3] gronen = mürrisch reden.

Draußt vor der Thür, da lußt der Kloa'[1],
So a Kalfak, a rechter.
„Was gibt's denn heunt?" — „„J woaß, was 's gibt:
As Eisei möcht' er!"“

[1] horcht der Kleine.

2.

Der Jaſchmarrn.

enn der Z'fammafpruch war,
Und na' geht's fo am Land:
Na' zehrt dös jung Paarl
An „Jafchmarrn"[1] mit'nand.

Sie fagt: „Und den Tifch
Hab' i felber Dir deckt,
Will's Gott, daß's uns fpater
Allweil a fo fchmeckt!"

Und er fagt: „„Wie beffer
(Ma' möcht's gar nit moan')
Schmeckt a Schüffel für zwoa,
Als a Schüffel für oan.""

[1] Schmarrn = eine Mehlfpeife, welche die Braut dem Verlobten als
erftes Gericht nach dem Jawort vorfetzt, daher „Jafchmarrn".

3.

Beim Hochzeitladen.

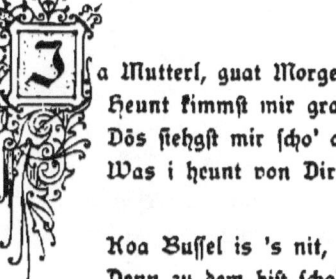

Ja Mutterl, guat Morgen,
Heunt kimmst mir grad recht,
Dös siehgst mir scho' an,
Was i heunt von Dir möcht.

Koa Bussel is 's nit,
Denn zu dem bist scho' z'alt;
Aber 's gibt scho' no' junge,
Die wo dös Sach' g'fallt.

Und 's Lisei macht Hochzeit,
An Toni will's ham;
Aber oaner alloa
Bringt die Gaudi nit z'samm.

Desz'weg'n lad' i ein,
Und wer kimmt, is uns recht;
Aber Jemand muß kemma,
Denn sonst geht's Enk' schlecht!

¹ Euch.

Jetzt hab' i's Enk g'sagt
Und jetzt wißt's es — i geh'.
Am Montag is d'Hochzeit
Und schön werd's — juchhe!

4.

Der Hennaklemmer.

ort, wo f' no' nach dem alten Brauch
Zum Hochzeitladen kemma,
Da nehmen f' no' an Burfchen mit:
Der hoaßt der Hennaklemma[1].

Der geht auf jeden Hof, wo f' lad'n,
Die Henna nach, die alten;
Wenn er derwifcht werd, kriegt er Schläg';
Sunft[2] derf er oane b'halten.

Für dös G'fchäft hab'n f' an Hiesl g'friemt,[3]
An Vettern von der Lifei;
A Burfch voll g'fchnecklet'[4] fchwarze Haar,
Ah, der fangt f' z'famm, der Hiefei!

Der hat an Kopf wie oachens Holz,
Zwoa Federn aufm Felber[5]
Und Schneid! — a Leben! — und an Stolz
Als wie der Gockel felber!

[1] Hennenfänger. Näheres über den Brauch findet fich in Bavaria B. I, 1,
S. 390. [2] wenn es ihm unbemerkt gelingt, eine zu fangen. [3] aufgefteßt.
[4] gekräufelt, gelockt. [5] Hut.

5.

Der Kammerwag'n.

as is 's denn? Was gibt's denn?
Z'letzt hab'n f' uns bloß g'stimmt?[1]
Da juchezn d'Leut schon:
„Der Kammerwag'n kimmt!"

Dort fahrt er scho' füri[2],
Die Bräundln, die ziehg'n —
Der Flachs und die Kasten
Und d'Bettstatt und d'Wieg'n!

Wie's nachanand hergeht[3]
Liegt's nachanand oben,
Und dös allerschönst' Dirndl
Sitzt z'höchst oben droben.

Aber hint' nach geht 's Blaßl,
Die allerschönst' Kuah,
Wo 's Liesei dahingeht,
G'hört 's Blaßl dazua!

---

[1] getäuscht. [2] hervor. [3] wie's im Leben aufeinanderfolgt.

Und jetzt juchezts nur, Buab'n,
Jetzt schreits nur recht, Leut!
Wo a Kammerwag'n geht,
Da hat d'Straßen a Freud.

Wie viel hab' i Guats
(Denkt ihr 's Dirndl derwei')[1]
Und dös Best, was i hab',
Is no' — gar nit dabei![2]

[1] sich 's Dirndl unterdessen. [2] der Bräutigam geht bei dem Kammer-
wagen nicht mit.

6.

Böllerschießen.

er Sepp hat fei Stanga,
Der Waftl d'Piftolen;
Und der Jackel is fort,
Der muß 's Pulverhorn holen.

Denn drunten am Weg
Kimmt der Zug fcho' daher,
D'Mufikanten, die fpielen,
Fufz'g Paar fan's und mehr [1].

Und die Sunna, die fcheint
Über Berg, über Thal.
Jetzt läuten f' am Kirchei,
Da kracht's no'amal!

Die Buab'n reißen 's Maul auf,
Die Dirndln fahrn z'famm;
Und der Jackel bringt 's Pulver,
Weil f' fo [2] koans mehr ham.

---

[1] der Hochzeitgäfte find mehr als fünfzig Paare. [2] ohnedem.

Und derweil, daß er lad't,
Sagt der Wastl, der alt':
„Dös Pulver freut's selber,
Wenn's lusti[1] verschnallt!"

7.

Die Klarinetten.

er Geisreiter Steffel
Der blaſt 's Klarinett;
Eh' der nit sein Rausch hat,
Eh' freut 'n koa Bett.

Aber heunt hat er's nöti';
Heunt blaſt er und schnauft,
Heunt gibt's was zum Schau(g)n
Und vielleicht werd no' — g'rauft!

Und der Maßkrug, der steht
Alleweil neben sein'[1],
Na' werd er nit trucka[2]
Und schlaft er nit ein.

Denn dös is was alt's
Und dös thut er zum Truß:
Ohne Maßkrug is koa
Klarinetten niř nuß.

[1] neben ihm. [2] trocken.

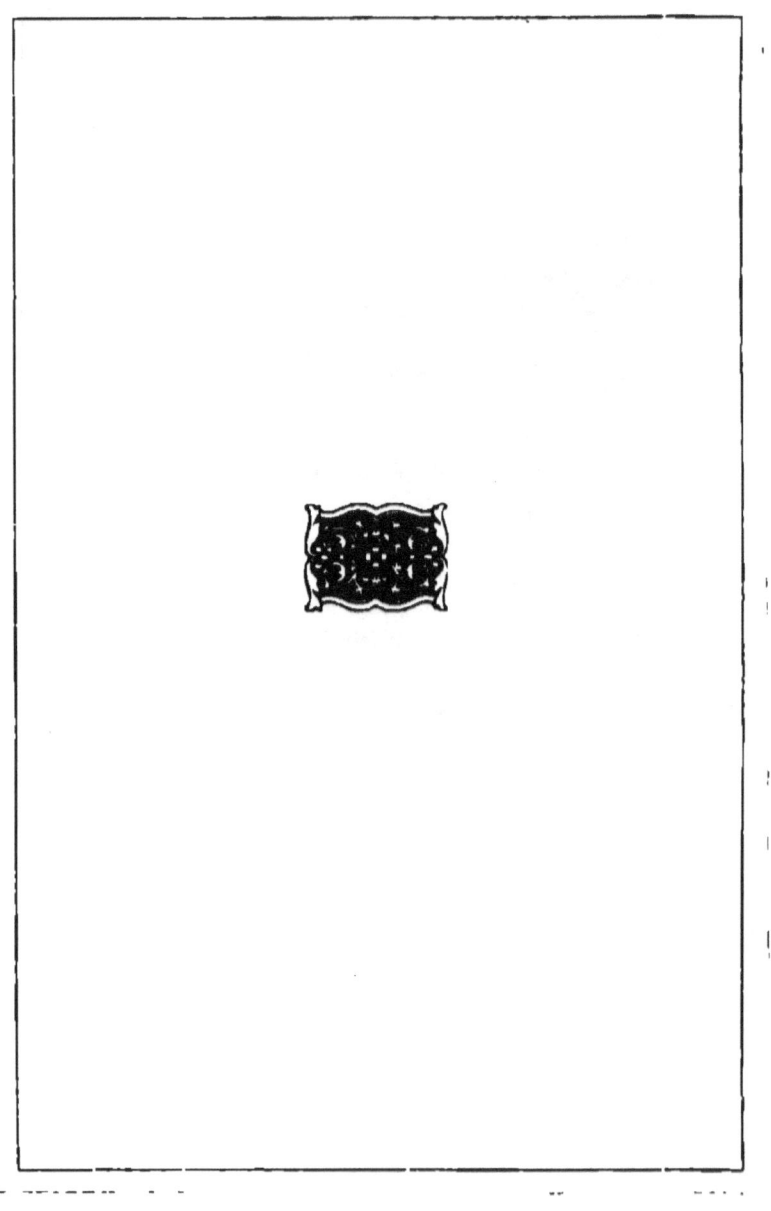

8.

Der Trompeter.

Nd wer blaſt denn d'Trompeten?
Der Pauli. — Oh mei',
Derſell' is a Fremder,
Der taugt nit recht 'rei [1].

Lang war er Soldat
Und jetzt ham ſ' ihn verkehrt [2];
Für die boariſchen Jager
Hat er blaſen bei Wörth.

Und dort ham ſ' ihn g'ſchoſſen;
Zwölf Stund' is er frei
Auf'n Feld draußen g'legen —
Seitdem is 's vorbei.

Jetzt frett' [3] er ſi' halt
Bei der Tanzmuſi' 'rum,
Aber red't ſchier koa Wort
Und ſagt's niemand, warum.

[1] ins Gebirgsleben hinein. [2] vom Militär entlaſſen.
[3] ſchleppt er ſich mühſam fort.

Und wenn er die luſtigſten
Landler ſpiel'n hört — —
Er hört halt no' allweil
Dös Blaſen von Wörth.

9.

Der Hornistenkaspar.

Der Kaspar hat lang schon
's Heiraten verschworn;
Wenn an anderer heirat',
Na' blast er as — Horn.

Und wenn er so d'Bratzen
Ins Horn einithuat,
Na' werd er betrachtli[1],
Dösfell thuat ihm guat.

Hochzeiterin (denkt er),
Heunt spiel'n ma Dir auf,
Aber dös wirst scho' sehg'n:
Dös Sach hat sein Lauf,

Dir werd scho' no' aufg'spielt,
Wo's nit geht so gschmach[2] — —
Da schreien die Burschen:
„An Landler! — Oan nach!"[3]

---

[1] nachdenklich. [2] wo's nicht so glatt abgeht.
[3] mit dem Rufe „einen nach" bestellen die Tanzenden sich eine weitere
Tour, weil die erste zu kurz war.

Und a Landler sollt's wer'n
Und a Landler is 's wor'n — —
„Fort mit die Gedanka . . .
Und her mit 'n Horn."

10.

Bei der Flöten.

nd der beft' Mufikant
Um und um is der Hans,
Wenn er 's Pfeifei nur anrührt,
Na' g'fpürft fcho' an Canz.

Er hat Äugl eisgrau
Und er hebt fi' fo ftaad[1],
Aber wie er nur blaft,
So fan d'Buabn verdraaht[2].

Und as Maul zwickt er zua,
Als gang' gar nix mehr 'raus,
Aber wie er nur blaft,
Bleibt koa Dirndl mehr z'Haus.

Und heunt blaft er fcho' fo,
Daß der Canzboden kracht,
Nur dieweil fchaugt er abi[3]
Auf d'Dirndln und lacht.

---

[1] ftill, regungslos. [2] verdreht, ganz verrückt. [3] herab in den Saal.

Mei' (denkt er), jetzt bin i
A stoanalter Hirsch:
Wie i jung war, da bin i
Mi'n Schwegei¹ auf d'Birsch.

Zu die Dirndln auf d'Alm
Und der Mondschein hat glanzt, —
Selm² hat nach mein' Pfeifei
Gar manche wohl tanzt.

¹ mit der Schwegelpfeife. ² damals.

II.

Der Poſaunablaſer.

nd der Franzl, der dick',
Muß d'Posauna versehg'n.
Der hätt' wohl von Kloa auf [1]
A Pfarrer wer'n mög'n.

Na' hat's halt was geb'n,
Und da hat er si' g'wendt [2] — —
No — d'Posauna is aa no'
A g'weichts [3] Instrument.

Und am Suntag im Chor
Und am Fei'rtag beim Tanz:
Wo s' ihn hab'n woll'n, d'Leut,
Und da spielt er am Glanz [4].

Er blast, daß all's schebbert,
Er is a Kalfack;
Es steckt ihm der Pfarrer
No' allweil im G'nack [5].

[1] in seinen Jugendjahren. [2] eine andere Laufbahn eingeschlagen.
[3] ein geweihtes. [4] aufs glänzendste. [5] im Nacken.

Denn d'Predi' und d'Musi'
Bei dene is's g'wiß:
Wie mehra Spitafel,
Wie schöner daß 's is[1]!

12.

Die C-Trompeten.

 fpitzigs greans Hütl,
An fpitzinga Bart,
Und a fein fpitzigs Wörtl —
Dösfell is mei Art.

Mei Vater war Förstner;
Bei die Füchs draußt im Wald
Bin i g'wen in der Lehr,
Und da lernt ma' dös bald.

Bin selm[1] wier a Holzfuchs
Hübsch hager und sperr[2],
Aber z'schlau(ch) is mir koaner,
I wer' ihm do' Herr[3].

Wo i spiel' mit der Karten
Da woaß i's, i g'winn';
Wo i spiel' mit an Dirndl
Geht der ander' dahin.

[1] selbst. [2] dürr. [3] ich überlifte ihn doch.

Denn d'Holzfüchs fan zach [1],
Und dös wissen f' roneh' [2] —
Und i spiel' scho' no' mehr
Wie d'Trompeten in C.

[1] zäh. [2] das wissen die Nebenbuhler von Anfang an.

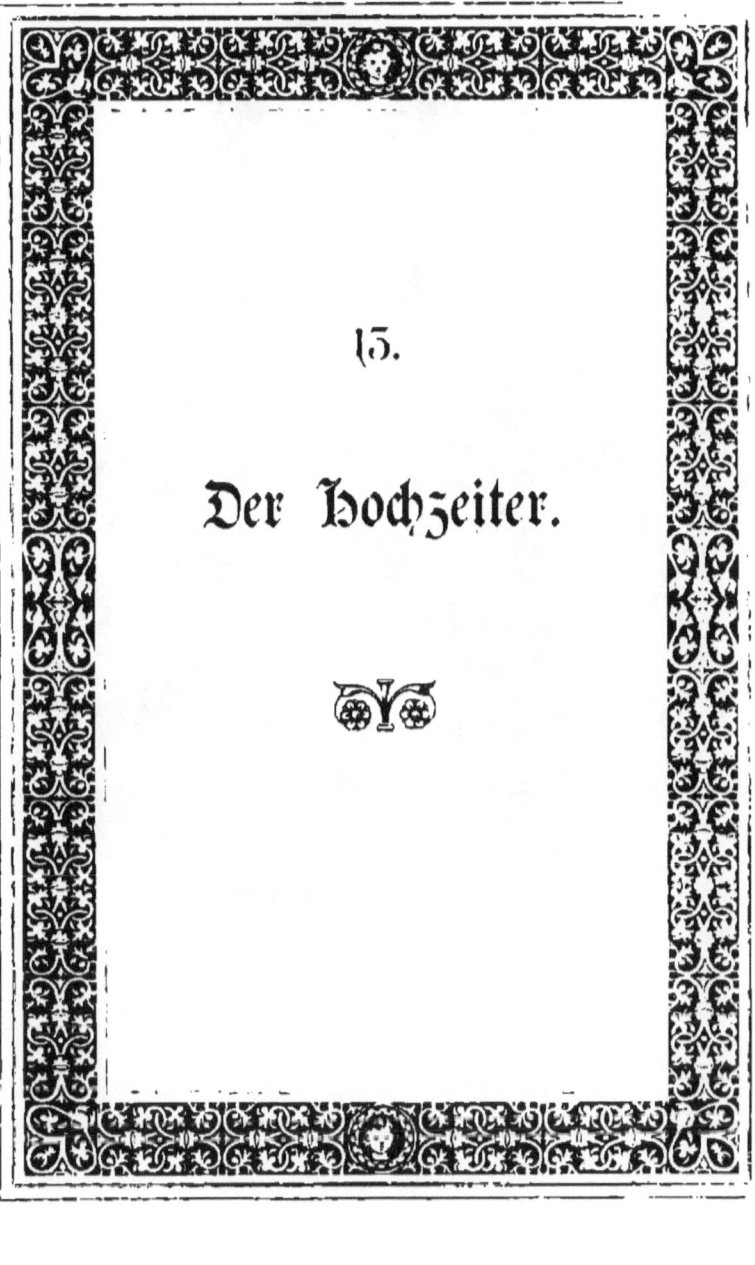

15.

Der Hochzeiter.

Jetzt hat er si' z'fammg'richt:
Un Buschen am Huat
Und a Bandl am Rock —
Aber heunt geht's ihm guat.

Er schnackelt[1] vor Freud,
Und es glanzen ihm d'Aug'n;
Wenn ihn 's Lisei so siecht,
Aber die werd erscht schaug'n!

Schön is er wohl nit —
No, dös braucht ma' nit sein,
Aber fest wie der Teufel,
Na' geht scho' was drein[2].

Und so lusti' wie heunt
War er dengerscht[3] no' nia —
Aber bis ma' so lusti' werd,
Dös macht scho' Müah'.

[1] schnalzt mit der Zunge. [2] dann kann man manches in Kauf nehmen.
[3] doch noch nie.

Denn der Vater war ſtüßi',
Und d'Mutter war zach¹,
Und 's Dirndl war hißi' —
Aber e r gibt nit nach.

Wenn oaner nit auslaßt,
Dös is der beſt' Troſt;
Und drum kriegt er's jeßt d o' —
Aber — Hißen hat's koſt!!

¹ jähe.

14.

Die Hochzeiterin.

Zwoa Äugerln fo braun
Und zwoa Wangerl fo lind —
„Morg'n bin i a Wei(b)
Und heunt bin i a Kindl

Und was a Dahoam is,
Ma' g'fpürt's erfcht den Tag,
Wo ma' furtgeht von hoam,
Wenn ma' no' fo gern mag[1].

Er is ja mei Liebft's,
Soweit d'Sunna nur fcheint; —
Aber was mei Dahoam is,
Dös g'fpür' i erfcht heunt!"

---

[1] wenn man noch fo gerne fcheidet.

15.

Der Ehrvater.

er Seemiller kimmt
Ohne Stecken nit z'recht;
Mit 'n Kopf geht's no' guat,
Aber d'Füßl san schlecht!

Wenn 's Häusl halt alt werd,
fallt allerhand ein.
Aber heunt hat er's nöti',
Muaß Ehrvater sein.

O mei Gott, so denkt er,
Die Welt is a G'lump;
Der oa', der werd damisch,
Der ander geht krump.

Und der dritt' hat koan Durst mehr,
Der vierte koa Schneid;
Mi' wundert's, daß d'Leut nur
Dös Leb'n no' so freut.

J gunn's ihna gern,
Und drum tanzts nur brav zua;
Dös ander', was nachkimmt,
Dös — kimmt no' früh gnua!

16.

Die Ehrmutter.

Die Ehrmutter spreizt si',
Nimmt 's Tüchel in d'Hand;
Hat a Pelzkappl auf —
Denn dös is wohl a Stand!

Und dös is wohl was Schöns,
Wenn ma' g'schatzt is und alt;
Aber schöner is 's do'
In die junge Jahr halt.

An Ehrmutter bin i,
Dös is dir wohl fein!
Aber lieber no' möcht' i
Glei' — d'Hochzeit'rin sein.

Und so denkt sich die Alte,
Druckt d'Äugerl fein zua.
Aber na' waar's erscht lusti' — —
Schneid hätt' i no' g'nua.

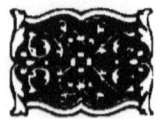

17.

Der Kranzlherr.

Ja, was oan nit alles
Paſſirt auf der Welt,
Jetzt ham ſ' mi' no' gar glei'
Als Jungherrn aufg'ſtellt!

Muaß a Kranzlherr[1] ſein!
No, i bin, was i bin —
Koa Herr war i z'erſcht nit,
Und 's Kranzl is hin.

Aber z'ſammg'ſtanden ſan ma[2],
Hochzeiter, dös woaßt;
Don kloan auf — da ſan ma
Durch d'Schul' auffig'roaſt[3].

Woaßt no' dös erſt' Wildern?
An Hirſch ham ma g'ſchleift[4],
Auf Di' haben ſ' g'ſchoſſen
Und mi' haben ſ' g'ſtreift.

---

[1] Brautführer. [2] zuſammengeſtanden ſind wir. [3] durch die Schule
hindurchgegangen. [4] auf dem Schlitten über den Berg herabgezogen.

Und woaßt no' dös Raufet's?
G'habt hab'n f' Di' beim Kragen,
Da bin i grad kemma —
Sunst waarst jetzt derschlagen.

Mir genga z'samm[1] aus,
Und mir genga z'samm ein —
Jetzt muaß i, wennst heirat'st,
Halt aa[2] dabei sein!

18.

Die Kranzljungfer.

ber 's Nanei, Kreuz Dunner,
Die is heunt beinand [1]:
A rotseidens Tüchei,
A blaug'streifets G'wand.

Und wie s' alles auf hat,
Na' kimmt ihr der Stolz;
Na' setzt s' erst ihrn Kopf auf [2],
Die hackt koa schlechts Holz [3].

Und im Kopf drinna geht ihr
A Bua umadum [4],
Der redt halt scho' lang so
Ums Heiraten 'rum.

Kreuz Dunner, denkt 's Dirndl,
Ja — g'heirat' muß's sein!
Es dunnert scho' lang
Und vielleicht — schlagt's heunt ein!

[1] beinander sein = aufgeputzt sein. [2] dann fühlt sie sich erst mit vollem
Selbstbewußtsein. [3] Volksausdruck, um zu bezeichnen, daß jemand
höhere Ansprüche macht. [4] herum.

19.

's Basl.

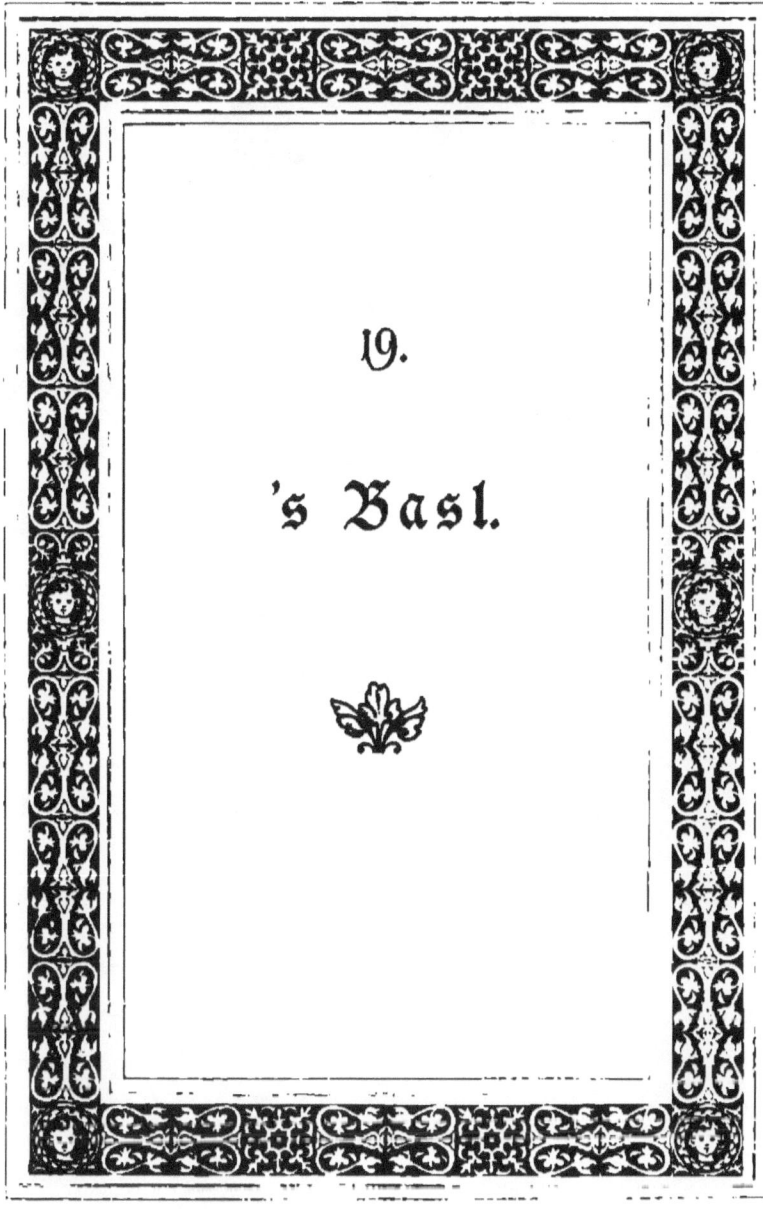

ber jetza kimmt oane,
Die is wohl guat g'stellt;
Die steht wie hing'mauert,
Fürcht' nix auf der Welt.

Braune Aug'n, braune Zöpf'
Und pfeilgrad geht ihr 's G'schau(ch);
Der is koaner z'stark
Und der is koaner z'schlau(ch).

Und zum Hochzeiter, woaßt,
Is 's a Basl derzua
Und sie selber hoaßt Resel —
Aber 's traut ihr koa Bua.

Als Sendrin is f' droben
Auf der Grünseer Alm.
D i e kann 's Kommandirn
Mit die Küh' und die Kalb'n.

Und die ferchtet' wohl koan,
Der f' zum Heiraten nahm',
Denn die kemmet' ihm schon —
Wenn nur e r amal kaam!

20.

Vor'm Wirtshaus.

orm Wirtshaus steht d'Musi',
Heunt is's a Vergnügen —
Der Wirt und sei Alte
Stehn drobn auf der Stiegen.

All' Augenblick kimmt ja
Der Zug scho' daher,
Fufz'g Paarl san's g'wiß! —
„Weg'n mei' san's no' mehr,

J hab' scho' guat vorg'sorgt
(Sagt der Wirt vor der Thür),
Zweihundert Paar Bratwürst
Und zwanz'g Eimer Bier,

Un Ochsen, an ganzen,
Und Kaibl zwei, drei,
Und Antvogel[1], foaste,
San aa[2] zehn dabei.

[1] fette Enten [2] auch.

Und die Sau, die i g'metzt hab',
Dös is wohl a Sau!" — —
Und drinna lacht d'Kellrin
Und draußtn lacht d'Fran.

„Bei mir derf Nem'd hungern —
Bluatsackeradi! . . .
So schaugts nur uns selm an,
Mei Alte und mi'!"

21.

's Auftragen.

nd noti' is 's nit luſti'
Und durſti' is 's nit ſchön,
Denn der Bauer muß leb'n
Und der Wirt, der muß b'ſtehn.

Muſikanten voraus!
Die ganz' Kuchel hint' nach!
Mein Spanſau ¹, die ſagt na'
Scho' ſelber ihr Sach.

J ſiehg's ja, wie ſ' futtern,
J hör's ja, wie ſ' ſcharren —
Wer beim Jagerwirt heirat',
Braucht 's Futter nit ſparen!

Man ſagt: „Der Menſch denkt's
Und der Herrgott, der lenkt's" —
Und wen's heunt nit derreißt
Und denſelben, den z'ſprengt's!

¹ Spanferkel.

22.

Der Hochzeitlader.

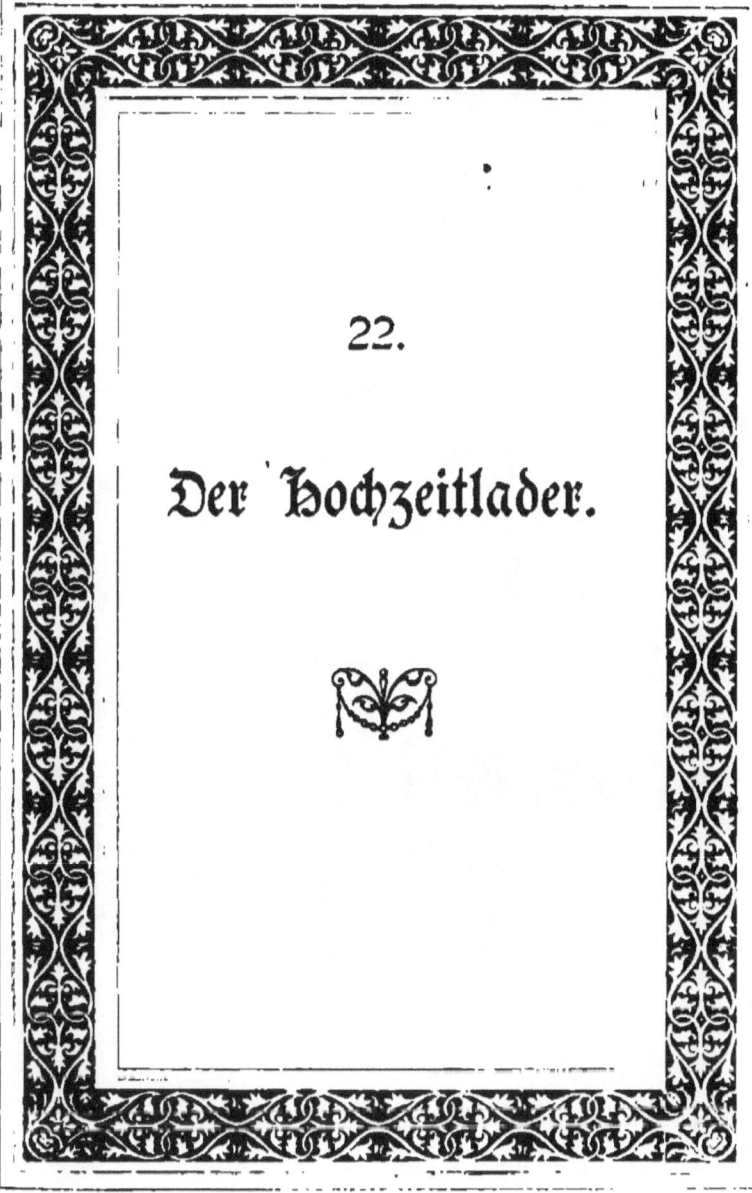

o, g'fallts Enk[1] die Hochzeit?
J moanet wohl ja.
Hätt i Enk nit eing'lad'n,
Na' waarts jetzt nit da!

Aber m i r taugt's ja selber
Bei luftige Leut;
Auf dös heuntige Bratl
Hab' i lang mi' scho' g'freut.

Hab' mi' aufputzt und g'ftriegelt;
So wohl is mir heunt,
Wier an Kater, an alten,
Wenn d'Sunna drauf scheint.

Aber greil'n[2] kann er do' —
Und dös werd's na' scho' g'fpüren,
Wenn 's „Ehren" erft angeht,
Da wer' Enk ranfchiren[3].

[1] Euch. [2] kratzen. [3] da werde ich Euch abkanzeln. (Dem Hochzeitslader obliegt die Abhaltung der Anfprache beim Ehren.)

J woaß von an jeden
Die fein' Lumperei'n,
Was er thuat, was er treibt,
Wo er ausgeht und ein.

War ja felber a Spitzbua,
War felber nie z'Haus;
Und wer's felber probirt hat,
Derfell kennt si' aus.

25.

's Ehren.

enn's siebni auf d'Nacht is,
Muß's Feierab'nd wern[1]!
Und nachher werd abdankt,
Na' genga f' zum „Ehrn".

Da bringt na' a jeder
Sein Sach; dös werd zählt
Und werd eing'legt in d'Schüssel,
's is lauter schwars Geld!

Da schebbern[2] die Thaler,
Dös muß scho' so sein,
Und oft genga glei' goldene
Reichsfuchsen[3] drein.

Für an jeden werd extra
An Ansprach fürbracht,
Z'erst thut ma' ihm schön
Und z'letzt werd er derlacht[4].

---

[1] um sieben Uhr geht das offizielle Hochzeitsmahl zu Ende. [2] klingen.
[3] Volksausdruck für die Reichsgoldmünzen. [4] verlacht.

Und vom Oberbräu hoaßt's:
Er is d'Bauern nit guat,
Weil er gar soviel Rausch
In sei Bier einithuat.

Und vom Förster werd's g'sagt:
's is ihm 's Leben vergunnt,
Denn an Hirsch hat er g'feit [1]
Und derschossen sein Hund!

Und die Bauern die lachen,
Es lachen die Herrn;
's geht wie's Haberfeldtreib'n [2]
Und drum hoaßt ma's as — „Ehrn".

[1] gefehlt. [2] wo auch jeder abgekanzelt wird.

24.

Der Ehrtanz.

Was waar' denn jetzt dös,
Dös Gedruck in der Stuben?
Gehts hintri, ös Dirndln,
Gehts hintri, ös Buben!

„Jetzt kimmt ja der Ehrtanz,
Den müff'ma ja feh'gn." — — —
So gehts nur grad hintri,
Ees fehgts ihn desz'weg'n[1].

„Ah, der Ehrvater, ah!" — —
Und der tanzt und der schnauft
Wier a Braunbär, der grad
A jungs Lampl a(b)rauft.

Und der Hochzeiter ziehgt
Halt die Ehrmutter hin
Wie der Fuchs die alt' Henna,
Daß f' flutschert[2] vor ihm.

---

[1] ihr feht ihn ja trotzdem gut.   [2] flattern, mit den Flügeln schlagen.

Ja mein Gott, an Ehrtanz
Den muaß ma scho' ham;
S'letzt kemmen die Richtigen
Do' wieder z'famm.

25.

's Heimgeigen.

albe zwölfe hat's g'schlagen,
Da drob'n werd's nit aus.
„J moanet, mei Weibei,
Mir gengant nach Haus?"

Da schreien die oan scho':
„Der Hochzeiter geht!"
Und die andern rebellen:
„Na, der geht no' net."

Und derweil roast dös Paarl
Schön langsam davo',
Aber schaug, d'Musikanten
Die bringt er net o'[1]. —

Die blasen ihn hoam
Und dös muß er derleiden;
Und so ziehgt er dahin —
Er hört d'Musi' von weiten.

---

[1] des musikalischen Geleites kann sich der Hochzeiter nicht erwehren.

Z'letzt genga f' alloa
Und da fchlagt ihm halt 's Herz,
Neben fei' geht fei Weibei;
Jetzt woaß er's: Mir g'hört's!

Und da fteht er am Weg,
Hat a Bußei ihr geb'n — — —
Der Tag ift halt dengerfcht[2]
Der fchönfte im Leben!

[1] neben ihm. [2] dennoch.